BUSTER

by Linda Jennings

illustrated by Catherine Walters

Translated by Adam Jama

Markuu Busta siddeed todobaad jiray, ayaa la siiyay
reer cusub oo uu hooyadii ka tegay. Markii hore wuu
ka xumaaday, laakiin markii dambe ayuu jeclaaday.
Reerka cusubi waxay ku odhan jireen Alla
quruxbadanaa markaasay dhabta ku qaban jireen.

When Buster was eight weeks old he had to leave his
mother and go off to a new home. He was a bit sad
at first, but he soon cheered up. His new family kept
cuddling him and calling him cute.

Markii uu Busta koray ee uu ey noqday ayaa dadkii
naceen. Wuxuu isku dayay inuu la saxiibo qof walba,
laakiin wuxuu fahmi waaya waxa dadka qaarkii ku
jecelyihiin ey yar oo dhashay lakiin ay ku naceen ey
weyn oo dadka wejiga ka leefa, wuxuu arkana afka
geliya oo calaaliya. "Ey habaar qaba. Howshiisaba ma
istaahilo!" ayay ku yidhaahdeen.

As Buster changed from a puppy into a proper little
dog, things began to go wrong. He tried his best to
please, but he didn't know that some human beings
love small cuddly puppies, but can't stand full-grown
dogs who lick your face and chew things up.
"Dratted dog!" they shouted. "More trouble than
he's worth!"

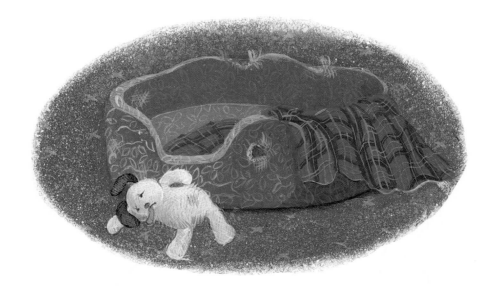

Maalin jiilaal ah (winta) oo qabow ayay reerkii Busta
magaalada dhinac aanu weligii hore u arag geeyeen.
Intay gaadhigii kasoo tuureen ayay kaga tageen
waddada dhinaceeda. Busta way naceen.

One cold winter's day, his owners took Buster to
a part of town where he had never been before.
There they pushed him out of the car and left him
on the edge of a wide busy road.
They didn't want Buster any more.

Maalintii oo dhan baa baabuurtu isdhaafayeen oo aan
qofkaliyihi arkin Busta. Habeenkii baa sidii kusoo galay,
markaasaa laydhkii baabuurtu indhaha kaga dhacay.
Busta aad buu u baqay. Wuxuu rabay inuu gurigii
qabto-laakiin xaggee gurigii ahaa.

The cars raced by all day, and nobody noticed poor
Buster. It grew dark, and the car headlights shone
like huge, fierce eyes. Buster was very frightened.
He wanted to go home – but where *was* home?

Isagoo aan fekerayn ayuu Busta mar qudha waddadii galay. *Jiqiiq! Bum!* Laba gaadhi ayaa birayga kaga qabtay si aanay u jiidhin Busta, laakiin iyagii baa isjiidhay. Laba qof oo cadhaysan ayaa madaxa daaqadda kala soo baxay oo ku qayliyay eyga yar. Codkoodii cadhaysnaa ayuu Busta ku soo xasuustay reerkii soo tuuray.

Without thinking, Buster rushed out into the road. SCREECH! CRASH! Two cars braked to avoid him, but hit each other. Two furious heads leaned out of two wound-down windows and yelled at the little dog. The angry voices made Buster think of the family who had abandoned him.

Intuu cararay ayuu beerta dhex fadhiistay isagoo
gariiraya. Markii uu wadnihii u qaboobay ayuu soo
baxay. Aad iyo aad bay u qaboobayd waanuu
gaajoonayay. Markaasuu intuu qunyar dhukusay
ayuu albaab xidhan ciddiyihiisii ku xoqay.

He fled into a garden and lay trembling under a
laurel bush. When his heart had stopped thumping,
Buster came out. It was cold, very cold, and he was
hungry. He crept up to the closed front door of the
house and scratched at it.

Albaabkii baa furmay, markaasaa gabadhi hoos
usoo eegtay Busta. Laakiin intaanay waxba
odhanin ayaa ey weyn oo xanaaqsani, intuu
dabadeedii ka soo baxay, oo madaxiisii kusoo
dhaweeyay wejigii Busta, ayuu yidhi.
"Soco oo tag, intaanan ku qaniinin, halkani waa
gurigaygiiye."

The door opened, and a woman peered down
at Buster. But before she could say anything,
a huge snarling dog appeared from behind her,
and thrust its head into Buster's face.
"Clear off, before I bite you!" he growled. "This
is *my* home."

Intaanu Busta weli dhaqaaqin ayaa eygii weynaa soo baxsaday, eryaday Busta aqalka hortiisii, oo dabada ka qaniinay. Busta ayaa dirqi ku baxsaday oo meel yar oo dhirta dhexdeeda ah ka galay intaanu mar labaad soo ataagin eygii weynaa.

Before Buster could move, the big dog broke free, and chased him right down the garden path, snapping at his short stumpy tail. Buster just managed to squeeze through a hole in the hedge before the big dog could attack again.

Busta ayaa intuu fadhiistay barafkii waddada qarkeeda
ayuu nabarkii dabada kaga yaallay leefleefay. Xagguu
balqabtaa imika? Wuu sii tukubay, markaasuu ku hakaday
guri kale hortiisa. Laydhadh fara badan ayaa ka lushay geed,
daaqadda ayuu ka arkay. Guri farxadi ka muuqato oo wax
soo dhawaynaya ayuu u ekaa.

Buster sat on the frosty pavement, licking his sore tail.
Where should he go now? He trotted on, and hesitated
at another open gate. There were a lot of lights sparkling
from a tree in a window. The house looked very cheerful
and welcoming.

Busta ayaa xaggii aqalka usoo
socday, laakiin meel fogba muu gaadhin.
"Ilmadoobe bax!" Bustaa sare u eegay, Curri
weyn ayaa ku fadhiday gidaarka ka sarreeya.
"Halkan anaa leh, soco imika." Ayuu yidhi currigii
intuu ciddiyaha kala bixiyay ayuu afka kala
qaaday oo soo saaray ilko cadcad oo afbadan.
"Waayahay, waan tegeyaa," ayuu yidhi Busta.

Buster started to walk up the drive,
but he didn't get far.
"Push off, Blackeye!"
Buster looked up. Sitting on the wall above
him was a large tabby cat.
"My territory," he hissed. "Gerroff." The cat
flexed his claws and opened his mouth,
showing a set of sharp, white teeth.
"OK," sighed Buster, "I'll go."

"Cidna ima rabto," ayuu ku fekaray Busta. Barafkii ayaa soo daatay, Markaasaa dogortiisii sii qoyday. Jidhkiisii yaraa ayaa qabow la gariiray. Dad baa waddada maraayay heesaya. Haddii uu dhinac socon karo, ma laga yaabaa in mid ka mid ahi arko oo gurigoodii u qaado.
Markaasuu daba galay oo dhirta hadhkeeda raacay.

"Nobody wants me," thought poor Buster. It started to snow, and Buster's fur grew wetter and wetter. His little body shook with the cold. Some people were walking down the road, singing. If he could move along with them, they might notice him, and take him home. Keeping well behind, he followed them, in the shadow of the hedge.

Dadkii heesayay ayaa guri ku baydhay oo ku qaaday.
"Habeen aamusan, waa habeen barakaysan," intay
iska soo horjeesteen oo aqalkii is hor taageen. Busta
ayaa ku soo dhowaaday isagoo isleh ha ku arkeen,
haddana ka werwersan waxay samayn doonaan.

The singers turned into a driveway. "Silent Night,
Holy Night," they sang, as they stood in a circle
outside the house. Buster crept among them,
wondering if they would notice him, and half
hoping they wouldn't.

Albaabkii baa la furay, wax wanaagsan ayuu Busta ka
uriyay. Markaasaa dhareer ka yimi gaajo darteed.
"Mid walowba mid qaado," ayaa cod yidhi inta gacani
soo taagtay bilaydh ay ku jiraan minis baay. "Waad
mahadsantahay, Mr Meeridhuu," ayay yidhaahdeen dadkii
heesayay. "Eyga yarna mid siiya," ayuu ka daba yidhi.

The door opened, and Buster could smell something
delicious. He dribbled with hunger.
"One for each of you," said a voice, and a hand held
out a plate of mince pies.
"Thank you, Mr Merrydew," said the carol-singers.
"And one for the little dog," he added.

Eygee yar? Dadkii oo dhan ba soo
jeestay oo hoos cagahooda u eegay.
Busta ayaa sare u eegay, iyodoo gaajo
iyo darxumo
ka muuqato. Iyana miyay eryi doonaan?
"Muxuu ahaa? Xagguu ka yimi?"
"Kollay waa mid soo lumay. Aad buu
u gaajoonayaaye," ayay inan yari tidhi,
oo Busta siisay minis baay iska dhan.
Markaasuu marqudha liqay.

The little dog? Everyone turned round,
and then looked down at their feet. Buster
gazed up at them, hunger pleading in his eyes.
Would they tell him to go away, too?
"Who is he? Where has he come from?"
"He must be a stray. He looks very hungry,"
said a small girl, and she gave Buster a whole
mince pie. He swallowed it up in one gulp.

Markaasaa odaygii Mr Meeridhuu aqalkii kasoo baxay oo eegay Busta. Ey kirimaskan! may kirismaskoo kaliya maaha. Ey weligiiba ila jooga.

"Anaa qaadanaya," ayuu yidhi. "Wuxuu u baahan yahay guri wanaagsan." Markaasuu gacmaha ku soo taagay Busta, eygii yaraana intuu baqay ayuu dib u baxay.

"Kaalay dee," ayuu yidhi Mr Meeridhuu qunyar, "kirismas wanaagsan aynu wada ciidnee, annigiyo adiga."

Old Mr Merrydew came out of the house and looked at Buster. A dog for Christmas! No, not just for Christmas. A dog for life!

"I'll take him," he said. "It looks like he needs a good home." He put out his hand to Buster, and the little dog drew back, afraid.

"Come on, little fellow," said Mr Merrydew gently. "We'll have a good Christmas together, you and I."

Busta ayaa intuu dhergay oo caloosha buuxiyay, ayuu
dabka hortiisa iskala bixiyay.
"Kirismas wanaagsan, ey yare," ayuu yidhi Mr Meeridhuu,
"Oo kusoo dhowow gurigaaga cusub."
"Wuuf!" ayuu yidhi Busta.

Buster lay stretched out in front of the fire,
his tummy full and warm at last.
"Happy Christmas, little dog," said
Mr Merrydew, "and welcome to
your new home."
"Woof!" said Buster.

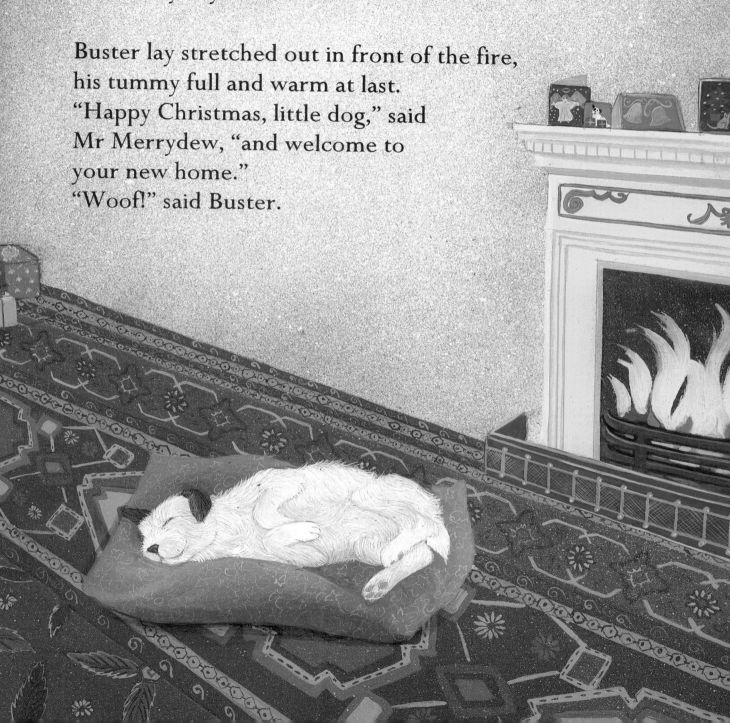